D0604597

Este libro está inspirado en hechos reales.

ÉGALITÈ

¡Vivan las uñas de colores!
Colección Egalité

© del texto: Alicia Acosta y Luis Amavisca, 2018
© de las ilustraciones: Gusti, 2018
© de la edición: NubeOcho, 2018
www.nubeocho.com · info@nubeocho.com

Correctora: M.ª del Camino Fuertes Redondo

Primera edición: 2018
ISBN: 978-84-17123-58-1
Depósito Legal: M-13846-2018

Impreso en China a través de Asia Pacific Offset,
respetando las normas internacionales del trabajo.

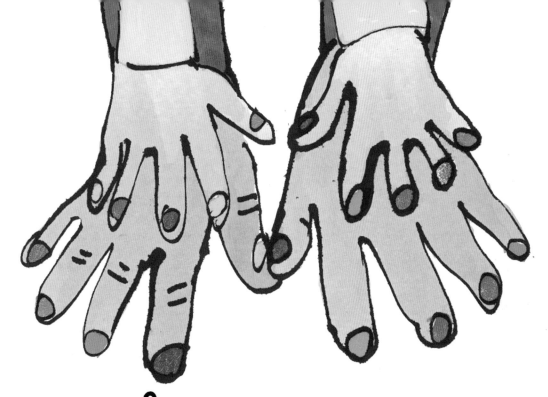

¡Vivan las uñas de colores!

ALICIA ACOSTA
LUIS AMAVISCA

ILUSTRADO POR GUSTI

nubeOCHO

A Juan le encanta pintarse las uñas, sobre todo
con colores alegres, **alegres como él.**

Cuando se las pinta, disfruta viendo lo divertidas
y coloridas que se ven sus manos.

¿Por qué se pinta las uñas Juan?
Es sencillo, no es ningún misterio:

porque le gusta.

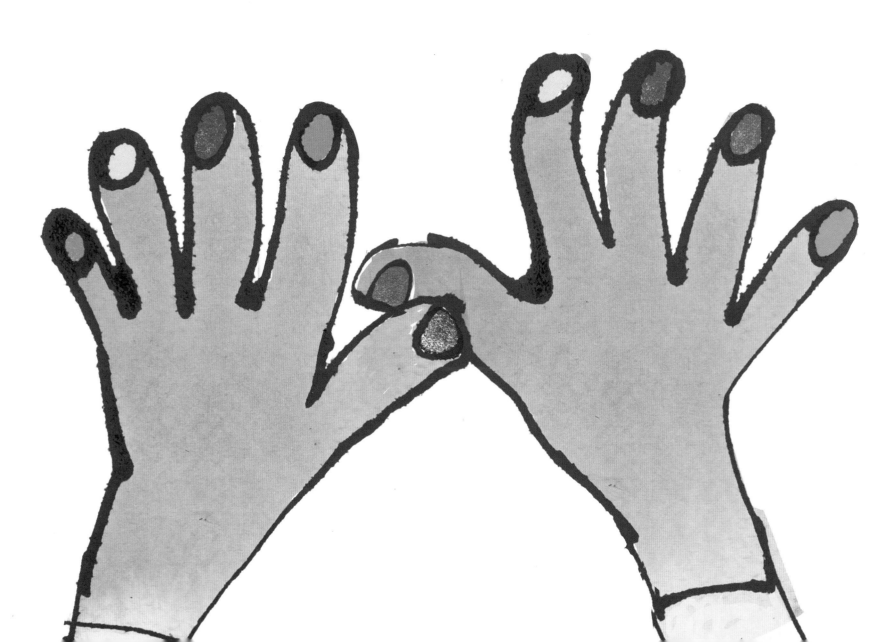

Muchas tardes, cuando acaba los deberes, Juan le pide a mamá sus colores. Ella tiene muchos, **¡una caja llena!** Son muy bonitos. A mamá le divierte, ella siempre sonríe, lo besa y se los da.

También su amiga Margarita tiene colores increíbles.
Cada vez que pueden **se pintan las uñas juntos:**

—¿Verde con marrón? ¡Muy triste!

—¿Amarillo y rosa? ¡Noooo!

—¡Pistacho y naranja!

¡Esos sí que combinan bien!

Un día, Juan llevaba las uñas de un precioso rojo corazón, pero nada más llegar al colegio, dos niños se metieron con él:

—Pintarse las uñas es de niñas.
—¡Eres una niña! ¡Eres una niña!

Juan se sintió fatal. No entendía nada, estaba más triste
que el día en que se le perdió el balón y se le cayó
el helado de tres bolas al suelo.

Dos días después **se lo contó a mamá y a papá.**

Papá miró a Juan y, **muy serio,** le dijo:
—Juan, yo también soy un chico, y ¿sabes qué?

¡Vamos a **pintarnos** las uñas!
¡Yo quiero el **naranja!**

Pero en el colegio, unos días después, eran ya tres niños
los que se reían y se metían con él.

—¡Eso solo lo hacen las niñas!

—¡Juan es una niña! ¡Juan es una niña!

Entonces Juan se puso muy triste, tanto como el día
en que su pez Manolo se fue al cielo de los peces.

—¡Tú! ¡Deja en paz a Juan! —gritaba Margarita.

Desde aquel día, Juan comenzó a pintarse las uñas solamente **los fines de semana.** El domingo por la tarde, le pedía a mamá que le quitara el color, aunque fuese su favorito.

Sus uñas ya no se veían alegres, **ni tampoco él.**
Pero no quería que se rieran otra vez en el colegio.

Sin embargo, a partir de aquel día, papá iba a buscarlo al colegio con las **uñas pintadas** y una **gran sonrisa en la cara,** aunque la sonrisa la llevaba siempre.

Una semana después llegó el cumpleaños de Juan.

Este año caía en lunes, y como todos los lunes,
Juan fue con las uñas sin pintar al colegio.
Le hubiese gustado llevarlas de azul brillante.
¡Cómo le gustaba el azul brillante!

Al llegar, la puerta de su clase estaba cerrada. Cuando **Juan la abrió** se encontró con una gran sorpresa, la mejor sorpresa del mundo.

Todos los niños y las niñas de
la clase tenían las uñas pintadas
de colores.
¡Hasta la maestra!

Con las manos en alto gritaron:

—¡FELICIDADES, JUAN!

Ese cumpleaños, Margarita le regaló a Juan un bote de esmalte de un **brillante color azul cielo.**

Toda la clase jugó en el recreo a pintarse las uñas con mil colores alegres, **alegres como Juan.**

Sin duda alguna, aquel fue el cumpleaños de sus sueños.

¿Se puede pedir más?